D'après les personnages créés par Jean et Laurent de Brunhoff

Création et textes C.N.D. — Muriel Nathan-Deiller,
en collaboration avec F. Ganachaud et C. Bacro
Dessins adaptés par Van Gool-Lefèvre-Loiseaux
Production Twin Books U.K. Ltd, London

Publié au Canada par PHIDAL

Imprimé en Espagne

BABAR

et ses amis
VISITENT LE ROYAUME

Phidal

Babar a décidé de faire le tour de son royaume

en famille. A l'aéroport, où un

vient de se poser, Arthur et la vieille dame

sont venus dire au revoir à leurs amis.

"Monte vite dans l'  ", dit Arthur

à Zéphir, qui fait le voyage avec Babar.

Céleste a pris une  énorme, car

le voyage va être long. Un porteur la charge

sur un  pour la porter à la soute.

Bientôt, le pilote est averti par la

qu'il peut décoller. Embarquement immédiat !

l'hélicoptère,
l'avion,
la malle,
le chariot,
la tour de contrôle.

Maintenant, les passagers peuvent défaire les

ceintures. Alexandre regarde par le .

"On prend de l'altitude, crie-t-il, enthousiasmé.

Oh ! Là ! Un  ! Regarde, Zéphir !"

Mais l'avion a déjà dépassé son étrange cousin,

et Zéphir ne voit qu' un gros  !

Pom, très excité par son premier vol, n'arrête

pas de sauter sur son  et demande :

"Quand va-t-on atterrir, papa ? Et où ?"

Heureusement, l'hôtesse monte un  .

"Un film ! Voilà qui va le calmer", pense Babar.

le hublot,
le dirigeable,
le nuage,
le siège,
l'écran.

L'avion a atterri à l'heure et c'est en

que Babar se fait conduire à l'hôtel. Encore

un et le groom au bel uniforme

aura fini de porter les bagages royaux. Le

 montre l'ascenseur à Babar et à Céleste.

"Vos Majestés trouveront la suite royale au

deuxième étage", leur dit-il en tenant la .

Pendant ce temps, Flore et Pom sautent sur

les marches du perron et Zéphir tente d'attraper

un pigeon en grimpant à une .

"Oh là ! s'exclame-t-il, le marbre, ça glisse !"

le taxi,
le sac de voyage,
le liftier,
la grille,
la colonne.

"Quel dommage de ne rester qu'un seul jour ici !"

pense Flore qui adore la  de l'hôtel.

Zéphir, frileux, préfère rester au bord à rêver.

Flore étrenne un nouveau très élégant.

"L'eau est bonne !" dit-elle pour encourager Pom.

Mais son frère n'ose pas sauter du .

Soudain, ce coquin d'Alexandre arrose Zéphir,

qui, surpris, renverse une en reculant.

Babar, qui se prélassait au soleil, regarde tout

à coup sa 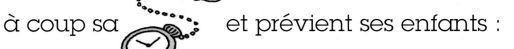 et prévient ses enfants :

"Il ne reste qu'une heure pour aller à la gare..."

la piscine,
le bonnet de bain,
le plongeoir,
la coupe,
la montre.

Les voyageurs arrivent juste à temps sur le quai.

"Voilà notre ", dit Babar.

"Dépêchons-nous, il est presque midi", ajoute-t-il

en regardant l'énorme de la gare.

Céleste demande à Babar de l'aider à porter

sa  car elle est vraiment lourde.

"Hé ! Flore ! s'écrie Alexandre, regarde là-bas !

C'est un train avec une  à vapeur."

"Pff ! Il est trop lent, répond Flore, il n'a qu'un

, ce n'est vraiment pas l'idéal

pour le long voyage que nous allons faire !"

le train,
l'horloge,
la valise,
la locomotive,
le wagon de
marchandises.

Babar a réservé deux compartiments dans le

wagon-lit, car ils doivent rouler de nuit. La

brille par la fenêtre et Alexandre ne se décide

pas à baisser le  . Il trouve ça si beau !

Céleste aimerait bien que les enfants dorment.

"Allez, vite, dit-elle, chacun sur sa  !

Demain, nous allons à une réception !"

Flore arrange la  de Pom.

"Je croyais qu'on allait dans le désert", dit-elle.

"On ira juste après, répond Céleste. Flore, range

ta  et endors-toi vite !"

la lune,
le store,
la couchette,
la couverture,
la trousse de toilette.

Le lendemain, le train arrive dans la dernière

ville avant le désert. Babar porte un

pour faire honneur à ses sujets. Il a piqué

un à sa boutonnière et admire Céleste.

"Tu es ravissante dans ta ", lui dit-il.

Les enfants aussi sont fiers, car leur mère porte

une qu'ils lui ont offerte ! Pourtant,

Alexandre trouve le discours en l'honneur de

Babar bien long. Alors, il s'approche du buffet

pour manger un  sans attendre la fin.

"Prenons des forces pour le désert !" dit-il à Pom.

le smoking,
l'œillet,
la robe du soir,
la broche,
le canapé.

Cette fois, c'est dans une  que les

voyageurs partent à l'aventure dans le désert.

Babar suit la piste entre les dunes silencieuses.

"Quel ! se plaint Flore, il est brûlant !"

Après quelques kilomètres de route difficile,

Babar s'arrête et sort un  du coffre.

"Nous avons soif, dit Babar, et la voiture aussi."

Alexandre a noué son  sur la tête

en guise de chapeau. Pom et Flore admirent

un  , ce qui affole Céleste.

"Il va vous piquer, crie-t-elle, c'est dangereux !"

la Jeep,
le soleil,
le jerricane,
le mouchoir,
le scorpion.

Babar a roulé toute la journée et les réserves

d'eau sont épuisées. Enfin, voilà un

au milieu d'une oasis. Un nomade les accueille.

Le personnage enturbanné est impressionnant

avec son grand , mais il a l'air amical.

"Je vous offre l'hospitalité pour la nuit", dit-il.

Zéphir, qui se cache derrière un , n'a

pas envie de passer la nuit à la belle étoile.

"S'il n'y a pas de  chez vous, dit Zéphir,

ni de scorpion, je vous suis, Monsieur !"

Pom et Flore grimpent sur son  .

le puits,
le sabre,
le cactus,
le serpent,
le dromadaire.

Le nomade a conduit ses invités dans les dunes

jusqu'à la  où il vit avec sa famille.

Les enfants n'en croient pas leurs yeux. "On

peut caresser le  ?" demande Pom.

Céleste est émue par la générosité de la dame

voilée qui lui offre des  dorées.

Le nomade, lui, fait un échange avec Babar.

"Ce  contre votre montre, propose-t-il.

Demain, je vous guiderai jusqu'à la mer."

Flore partirait bien sur un  volant,

mais la Jeep ou le dromadaire sont plus sûrs !

la tente,
le fennec,
les babouches,
le poignard,
le tapis.

Au matin, les nomades ont guidé leurs amis

jusqu'à la mer où un  les attendait.

En quelques minutes, la petite embarcation

atteint le flanc d'un  gigantesque.

Zéphir fait bouger l'échelle en se retournant

pour voir un  qui fait des bonds.

"Arrête, tu vas me faire tomber !" proteste Pom.

Alexandre trouve tout merveilleux, de la

du bateau aux galons du capitaine !

"Un paquebot, c'est plus beau qu'un

pour faire une croisière", dit-il tout heureux.

le canot,
le paquebot,
l'espadon,
la cheminée,
le pétrolier.

Quand la mer est belle, c'est sur le pont du

bateau qu'on est le mieux. Un  nargue

Zéphir, qui n'a aucune chance de l'attraper !

Comme Alexandre veut observer une

et son petit, il demande au capitaine :

"Prêtez-moi votre  , j'en prendrai soin !"

Pendant ce temps, Babar montre à Pom et

à Flore l'  où ils feront escale.

"Les habitants sont très accueillants, dit-il,

ils viennent nous chercher en  .

Allons dire adieu au capitaine et à l'équipage."

A leur arrivée sur l'île, une danseuse offre

un magnifique  à Babar et à Céleste.

Zéphir grimpe avec impatience sur un  .

"Ouah ! Je vois la mer !" crie-t-il arrivé en haut.

Aussitôt, une tombe en sifflant

aux oreilles de Céleste. Quel maladroit !

Flore admire le vol léger d'un  .

"On l'appelle aussi le colibri, explique Pom d'un

air savant. Et cette fleur, c'est un  !"

Un pêcheur donne une amphore à Alexandre.

"Emporte-la, lui propose-t-il, c'est un cadeau !"

le collier de fleurs,
le cocotier,
la noix de coco,
l'oiseau-mouche,
l'hibiscus.

Les aventuriers ont quitté l'île paradisiaque à

bord d'un voilier. Babar est au .

La prochaine étape, c'est la montagne. Babar

tire des bords en attendant la  qui doit

le guider jusqu'au port. Ses équipiers ont du mal

à border la avec leurs petites trompes !

"Si je tombe à l'eau, dit Zéphir en faisant

l'acrobate, envoyez-moi une  !"

Mais Flore ne trouve pas ça si drôle : "Ça ne te

sauverait pas des dents du  !

Oh là là ! il me tarde d'être sur la terre ferme !"

le gouvernail,
la vedette,
la voile,
la bouée,
le requin.

A peine arrivés au port, les voyageurs se sont

dirigés vers la montagne et ont pris le .

Le plus haut sommet du royaume est toujours

enneigé. Alexandre veut y planter un  .

Il grimpe avec Babar, les autres l'encouragent.

Avec son  , Alexandre n'a pas froid.

Ce n'est pas le cas de tout le monde…

Zéphir porte une cagoule et une  , mais

il tape en vain des pieds pour se réchauffer !

"Mes mains gèlent, même avec des  ,

se lamente-t-il, vivement qu'on redescende…"

le téléphérique,
le drapeau,
l'anorak,
l'écharpe,
les moufles.

Après une ascension réussie, les alpinistes

retournent dans la plaine. C'est en  ,

cette fois, qu'ils continuent leur périple.

La  est vraiment pleine à craquer.

A l'intérieur, tout le monde a trouvé de la place.

"Ce  envoie de la poussière, se

plaint Pom, on devrait le doubler, on se traîne !"

"Patience ! Nous tournons au prochain ,

explique Babar qui a déplié une carte routière.

La indique qu'il ne reste plus

que dix kilomètres avant la rivière..."

l'autocar,
la galerie,
le semi-remorque,
le panneau,
la borne kilométrique.

L'autocar a déposé Babar et sa famille près de

la rivière où les attendait une  .

"J'adore cette navigation tranquille", dit Céleste.

Ils passent devant un  sur lequel

une poule d'eau les regarde d'un air curieux.

Zéphir essaye d'attraper un  à chaque

fois que la péniche s'approche de la berge.

Le capitaine passe au large d'un  ,

puis il vient discuter avec ses invités et leur dit :

"Vous débarquez au prochain  ."

"Dommage, répond Babar, ce voyage fut court."

la péniche,
le ponton,
le roseau,
le moulin à eau,
le pont.

Babar et sa famille arrivent peu après dans une

grande ville. Là se trouve le plus haut

du royaume. Babar est reçu en fanfare !

Une  flotte dans la rue principale.

"Vive notre roi !" crie la foule enthousiaste.

C'est dans une somptueuse  que

la famille royale défile. Zéphir, lui, a préféré

sauter sur un  , c'est plus amusant !

Mais il y a tant de circulation que le conducteur

est déséquilibré. Vlan ! Il bouscule le maire, qui

fait tomber le  avec la clé de la ville.

le gratte-ciel,
la banderole,
la limousine,
le scooter,
le coussin.

VIVE NOTRE ROI
BABAR

"Après les cérémonies, c'était bien de circuler en

 , comme tout le monde", dit Babar.

Céleste a retrouvé avec plaisir la civilisation, et

elle achète dans un  une revue.

Pom rêve encore à leur merveilleux voyage.

"Ce , c'est une énorme vague,

imagine-t-il, mon navire est pris par la tempête."

Zéphir s'est enfermé dans une  .

"Allô, Arthur, dit-il. On t'a écrit une lettre. Flore

la met dans la  . Mais nous arriverons

avant elle ! L'avion part dans une heure..."

le tramway,
le kiosque,
le jet d'eau,
la cabine téléphonique,
la boîte aux lettres.

Le soir même, c'est le retour au palais. Tous sont

ravis de se retrouver après ce long voyage.

"Le beau !" s'extasie la vieille dame.

Arthur est heureux d'avoir eu une

en cadeau : il en rêvait depuis si longtemps !

Alexandre installe un et explique

à quel endroit a été trouvée cette belle pierre. Il

dessine avec une une carte compliquée.

"Ce serait sûrement plus clair, dit Babar pour le

taquiner, si tu utilisais le ! Eh bien,

ajoute-t-il, je suis content d'être de nouveau ici."

le coquillage,
la rose des sables,
le tableau,
la craie,
le globe terrestre.